MW01106515

The Little White Duck

El Patito Blanco

Branden Stansley, PhD

The Little White Duck
Copyright © 2022 by Branden Stansley, PhD

Tellwell Talent
www.tellwell.ca

ISBN
978-0-2288-7397-6 (Hardcover)
978-0-2288-7396-9 (Paperback)

To Payne and Maverick,

If your legs ever do not get you where you need to go, try flapping your wings.

Para Payne y Maverick,

Si sus piernas alguna vez no lo llevan a donde necesita ir, trate de batir sus alas.

From the day the little white duck hatched out of his egg, he wanted to be the fastest animal on the farm. And even though his webbed feet were not the best for running, he always tried his hardest.

Desde el día en que el patito blanco salió del cascarón su huevo, quiso ser el animal más rápido de la granja. Y aunque sus pies palmeados no eran los mejores para correr, siempre se esforzaba al máximo.

One day, the little white duck walked into the field and asked the black horse for a race. The black horse said, "OK, but I am the fastest there ever was!", with a smile on her face. They lined up at the fence post, and the green frog said, "take your mark, get set, go"!

Un día, el patito blanco entró al campo y le pidió una carrera al caballo negro. El caballo negro dijo: "Está bien, ¡pero soy el más rápido que haya existido!", con una sonrisa en su rostro. Se alinearon en el poste de la cerca, y la rana verde dijo: "¡Toma tu marca, prepárate, ¡adelante!"

Off they went, and the black horse charged ahead with an easy trot. The little white duck waddled as fast as he could, but lost the race, and lost by a lot.

Se fueron, y el caballo negro cargó adelante con un trote fácil. El patito blanco se tambaleó lo más rápido que pudo, pero perdió la carrera, y perdió por mucho.

The little white duck went home and cried to mother duck about losing that day. She said, "you must not compare yourself with others, you are very special in your own way".

El patito blanco se fue a casa y lloró a mamá pata por haber perdido ese día. Ella dijo, "no debes compararte con los demás, eres muy especial a tu manera".

The next day, the little white duck woke up early and went to the field to ask the black horse for another race. The black horse said, "OK, but I am the fastest there ever was!", with a smile on her face. So, they lined up at the fence post, and the green frog said, "take your mark, get set, go"!

Again, the black horse left the little white duck in the dust with an easy trot and won by a lot.

Al día siguiente, el patito blanco se levantó temprano y fue al campo a pedirle al caballo negro otra carrera. El caballo negro dijo: "Está bien, ¡pero soy el más rápido que haya existido!", con una sonrisa en su rostro. Entonces, se alinearon en el poste de la cerca, y la rana verde dijo: "Toma tu marca, prepárate, ¡adelante!"

Nuevamente, el caballo negro dejó al patito blanco en el polvo con un trote fácil y ganó por mucho.

After the race, the little white duck went to the pond to talk to his friend, the gold fish. The gold fish said, "you shouldn't be sad about losing the race to the horse, everyone is special in their own way. Look at me, I cannot climb a tree like the brown squirrel, but the brown squirrel cannot swim like me"! The little white duck said, "oh, so that's what my mom was trying to say"!

Después de la carrera, el patito blanco fue al estanque a hablar con su amigo, el pez dorado. El pez dorado dijo, "no deberías estar triste por perder la carrera con el caballo, todos son especiales a su manera. ¡Mírame, no puedo trepar a un árbol como la ardilla marrón, pero la ardilla marrón no puede nadar como yo! El patito blanco dijo: "¡Oh, eso es lo que mi mamá estaba tratando de decir!".

The next morning the little duck woke up early and went to the field to ask the black horse for a race, once more. The black horse said, "OK, but I am the fastest there ever was!", with a smile on her face, bigger than before. So, they lined up at the fence post, and the green frog said, "take your mark, get set, go"!

A la mañana siguiente el patito se despertó temprano y fue al campo a pedirle una carrera al caballo negro, una vez más. El caballo negro dijo: "Está bien, ¡pero soy el más rápido que haya existido!", con una sonrisa en su rostro, más grande que antes. Entonces, se alinearon en el poste de la cerca, y la rana verde dijo: "Toma tu marca, prepárate, ¡adelante!"

This time, when the black horse charged ahead, instead of waddling, the little white duck gave flapping his wings a try. He flapped harder, and harder, and harder, until he started to fly. He flew high up in the sky, so that the farm animals all looked like ants on a sand hill. He flew down as fast as any animal on the farm had ever gone and won the race -- oh what a thrill!

Esta vez, cuando el caballo negro se adelantó, en lugar de andar como un pato, el pequeño pato blanco intentó batir sus alas. Aleteo más y más y más fuerte, hasta que comenzó a volar. Voló alto en el cielo, de modo que todos los animales de la granja parecían hormigas en una colina de arena. y ganó la carrera, ¡oh, qué emoción!

17

From that day on, the little white duck continued to work hard, follow his passion, and was never afraid to try new things.

A partir de ese día, el patito blanco siguió trabajando duro, siguió su pasión y nunca tuvo miedo de probar cosas nuevas.

About the Author

Branden is a writer of science, music, and fiction. He draws inspiration from his wife and two kids.

Sobre el Autor

Branden es un escritor de ciencia, música y ficción. Vive con su esposa y sus dos hijos y se inspira en ellos.

CPSIA information can be obtained
at www.ICGtesting.com
Printed in the USA
BVHW021111061122
650637BV00003B/24

* 9 7 8 0 2 2 8 8 7 3 9 7 6 *